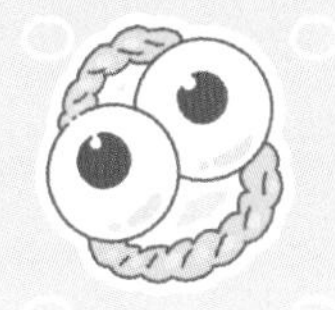

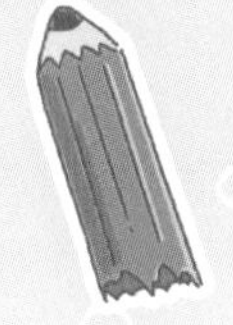

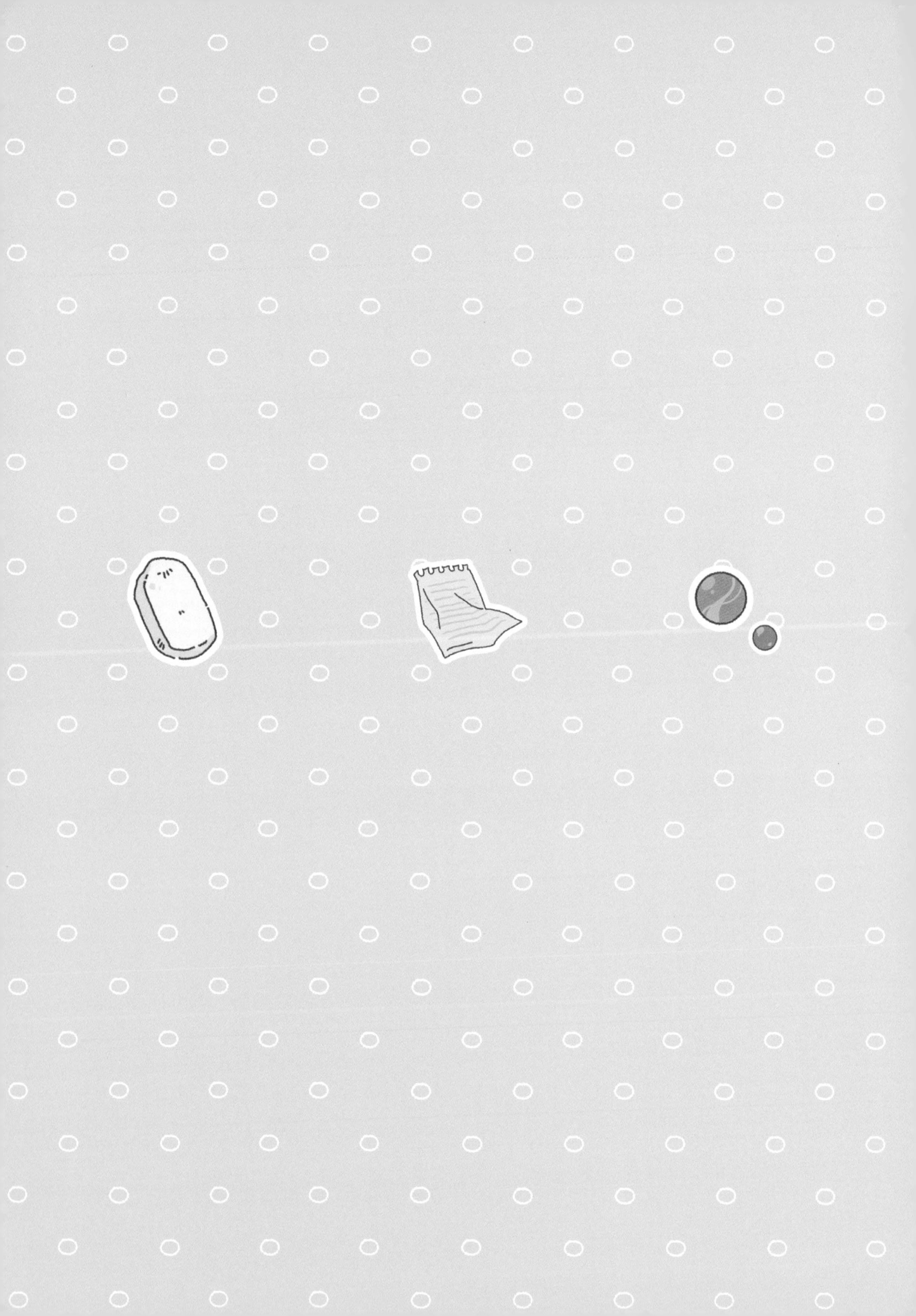

소곤소곤
이어폰 도깨비
우리 반 물품 상자의 비밀

소곤소곤
우리 반 물품 상자의 비밀
이어폰 도깨비
권영이 글 | 김연제 그림
풀빛

차례

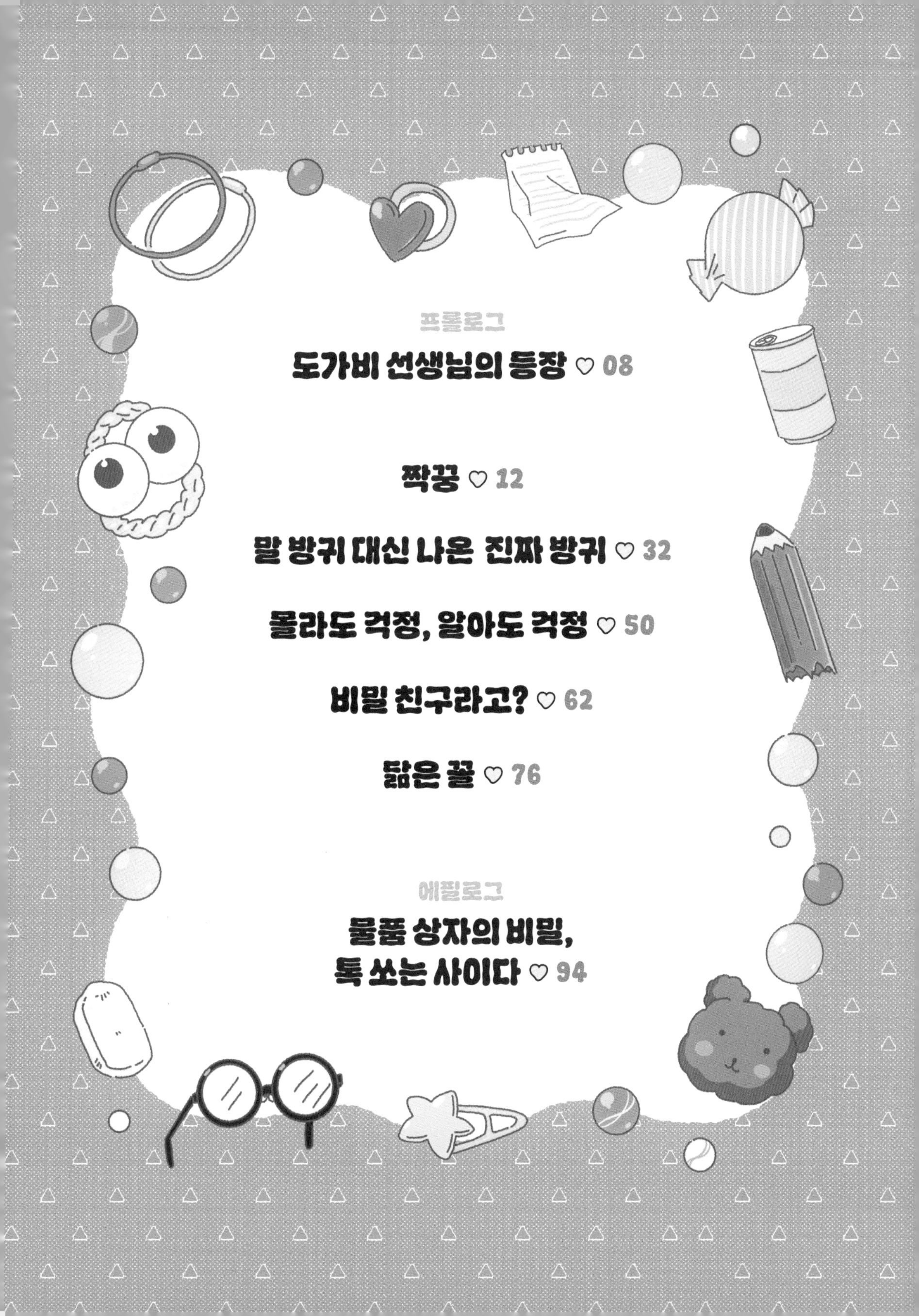

등장인물

도가비

도깨비를 닮았다고 알려진
신비한 물품 상자의 주인
3학년 3반 담임 선생님

능서

귀엽고 활발해서 인기가
많고 장난을 아주 좋아함
별명: 말방구쟁이

소영

공부도 잘하고 예쁘게 말하고
배려심도 많아서 친구가 많음
별명: 착한 척 대왕

민지

외향적이고 사교성이 좋음
패션과 연예인에 관심 많음
별명: 민지위키

재하

키가 크고 운동신경이 좋음
스스로 어른스럽다 생각함
별명: 기린

이어폰 도깨비

친구들의 속마음을 소곤소곤
들려주는 신비한 능력
특징: 보였다 안 보였다 함

도가비 선생님의 등장

도안초등학교 운동장을 둘러싸고 있는 백 년도 더 된 나무에 새잎이 돋기 시작했어. 따사한 봄 햇살을 받은 나뭇잎들이 조잘조잘 떠드는 소리가 바람을 타고 이리저리 날아다녔지.

새 학기가 시작되는 날 이른 아침에, 커다란 나무상자를 두 팔로 껴안고 낑낑대며 걸어오는 낯선 선생님을 보고 나뭇잎들도 잠잠해졌어. 덥수룩한 머리 양쪽에 삐죽 올라온 머리카락이 마치 뿔처럼 보이는 거야. 걸을 때마다 커다랗고 둥글둥글한 엉덩이가 씰룩거렸지. 그 모습이 우스

짱스러웠어.

선생님은 한복과 비슷하게 생긴 황토색 셔츠를 입었는데, 커다란 엉덩이를 가릴 만큼 길었어. 바지는 비둘기 털처럼 반질반질한 회색이었지. 햇살이 닿을 때 반짝, 하고 빛이 나타났다 사라지는 것처럼 보이더라고.

아무튼 평범해 보이지 않은 선생님은, 이 학교에 오자마자 다른 선생님들 입방아에 오르내렸어.

“새로 온 선생님 이름이 도깨비라나? 아니, 도가비라고 들은 것도 같고…….”

“에이, 설마 부모님이 그렇게 희한한 이름을 지었겠어요?”

“나도 들었어요. 성은 도고 이름이 가비라던데요.”

“맙소사! 어렸을 때 친구들에게 도깨비라고 놀림 많이 받았겠어요.”

“도깨비 분위기를 물씬 풍기는 생김새와 이름이 딱, 어울리기는 하네요. 하하하.”

도가비 선생님은 3학년 3반 교실 뒤쪽에 있는 사물함 위에 나무 상자를 올려놓았어.

"휴. 힘들다. 이 녀석들이 크면서 점점 더 무거워지는 걸."

선생님은 셔츠 소매로 이마를 쓱 닦으며 투덜댔어.

"사고 치지 말고 조용히 있어라. 지난번처럼 나를 곤란하게 만들면 안 돼. 알았지?"

선생님은 상자 안을 들여다보고 두툼한 입술을 실룩이며 다그쳤어.

짝꿍

3학년이 되는 첫날, 선생님이 교실로 들어오는 순간에 아이들의 눈이 휘둥그레졌어. 오늘 처음 만난 선생님의 얼굴은 커다랗고 통통했거든. 부리부리한 눈에서는 '번쩍!' 빛도 났어. 덥수룩한 머리 양쪽에 삐죽 올라온 머리카락이 말할 때마다 까딱거렸지.

"반갑다. 앞으로 선생님과 재미있게 놀자!"

선생님은 장난스럽게 커다란 눈알을 데굴데굴 굴렸어. 아이들은 그런 선생님을 호기심이 가득한 눈빛으로 바라봤지.

"왜? 내가 좀 희한하게 생겼냐?"

선생님은 아이들을 쓱, 둘러보고 물었어.

여기저기서 킥킥대며 웃음 참는 소리가 났어.

선생님이 웃을 때마다 볼록 나온 볼이 꿈틀거렸어. 볼이 입을 따라 웃는 것처럼 말이야.

"선생님!"

맨 앞자리에 앉은 능서가 손을 번쩍 들고 선생님을 불렀어. 아이들은 능서가 무슨 말을 할지 궁금하다는 눈빛으로 일제히 능서를 바라봤지.

"그래, 왜?"

"선생님은 전래동화책에 나오는 도깨비랑 닮았어요!"

장난기 심한 능서가 가만히 있을 리가 없지. 능서는 하고 싶은 말은 절대로 못 참는 아이야. 아이들이 까르르까르르 웃었어.

선생님은 생김새도 도깨비와 닮았는데, 말하는 것도 다른 선생님과 너무 달랐어. 공부 열심히 하자는 말보다 재미있게 놀자고 말하는 선생님이라 아이들은 더 호기심이 생겼지.

"하하. 선생님처럼 우락부락하게 생긴 도깨비를 말하는 거냐? 그런 말을 종종 듣기는 하지. 내가 태어난 마을 이름이 도당리거든. 옛날부터 도깨비들이 무리를 지어 살았다고 그렇게 불렀다는구나. 더구나 우리 집터가 도깨비

터라지 뭐냐. 그러니 거기서 당연히 도깨비가 태어났겠지? 으허허허허!"

선생님은 입을 커다랗게 벌리고 큰 소리로 웃었어. 아이들은 선생님의 목구멍이 컴컴한 도깨비굴로 변할 것 같아 오싹한 느낌이 들었지.

"너희들이 보기에도 도깨비란 별명이 잘 어울리는 것 같

으냐?"

"네!"

아이들이 까르르 웃으며 큰 소리로 대답했어.

1교시 과학 시간에 모둠을 만들어 식물 키우는 수업을 했어.

"모둠 이름을 뭐라고 할까?"

소영이가 아이들을 둘러보며 물었어.

"강낭콩! 우린, 강낭콩 키울 거니까. 어때, 괜찮지 않니?"

민지가 기다리고 있었다는 듯이 대답했어.

"칫! 딱, 조민지다운 생각이네. 모둠 이름이 너무 유치하지 않냐?"

능서는 입술을 비죽 내밀고 빈정댔어. 그러자 민지 얼굴이 샐쭉해졌지.

"난 아주 좋은걸. 강낭콩으로 하자!"

그때, 재하가 손뼉까지 치며 민지 편을 들었어.

"쳇! 강낭콩 키운다고 모둠 이름을 강낭콩이라고 지으면, 조민지 엄마가 조민지를 키우니까 민지 엄마를 보고 조민지라고 불러야 하냐?"

"야! 구능서! 모둠 이름 짓는데 우리 엄마가 왜 나와! 나 기분 나빠서 이 모둠에서 빠질 거야!"

민지는 능서에게 눈을 흘기더니 쌩, 하고 교실을 나가 버렸어.

"능서야, 얼른 가서 미안하다고 해."

소영이가 능서를 보고 말했어.

"내가 뭘 잘못했다고 사과하냐? 별일도 아닌 걸 가지고 삐지는 애가 문제지."

"너는 맨날 말을 왜 그렇게 하냐? 제발 입으로 방귀 좀 그만 뀌어. 넌 친구들 기분은 생각 안 하냐?

재하가 능서에게 핀잔을 주었어.

"내 입 가지고 내가 말하는데, 남의 눈치를 왜 보냐? 에이, 진짜 짜증 나."

능서는 자기보다 한 뼘이나 더 큰 재하를 올려다보고 짜증을 냈어.

능서는 또래 남자아이들보다 키가 작지만, 생글거리며 웃고 다녔어. 그래서 귀엽고 사랑스럽다는 말을 종종 들었지. 그렇지만 그건 능서가 조용히 있을 때의 모습이야. 능서가 말을 시작하면 귀염둥이에서 투덜이, 심술꾸러기, 욕쟁이 이미지로 바뀌었어.

능서가 입술을 실

룩이면 친구들은 슬금슬금 피했어. 왜냐하면 능서는 말할 때 방귀 뀌듯 생각 없이 '뿡뿡!' 내뱉는 버릇이 있거든. 듣는 사람의 기분 따위는 아랑곳하지 않았지. 능서 때문에 상처받는 친구들이 많았어. 능서와 말하던 아이가 얼굴이 빨개지면서 울먹거리는 일이 생길 정도였지. 말 방귀는 그래서 붙여진 별명이야.

"말 방귀 나타났다! 안전한 곳으로 대피해!"

"어휴, 말 방귀 냄새는 똥 냄새! 똥 냄새는 구려, 엄청 구려!"

"야! 내 입 가지고 내가 하고 싶은 말 하는 게 잘못이냐? 에이, 씨!"

친구들이 놀릴 때마다 능서가 화를 내면 친구들은 도망치는 시늉을 했어.

* * *

도가비 선생님은 2교시에 국어 수업하고 관련이 없을 것 같은 말을 했어.

“잘 노는 어린이가 잘 큰단다. 친구들과 재미있게 놀도록 해라.”

“네.”

아이들은 시큰둥하게 대답했어.

“선생님, 그러면 시험도 안 보는 거죠?”

이번에도 능서가 손을 번쩍 들고 물었어.

“허허. 시험은 보지만 꼭 책으로 공부한 걸로 보지는 않을 거다.”

아이들이 선생님을 호기심 어린 눈으로 바라봤어.

“선생님이 내는 시험은 따로 공부할 필요는 없다. 그냥 친구들과 놀면서 서로를 알아가면 되는 거란다.”

아이들은 서로를 바라보며 무슨 말인지 모르겠다는 얼굴이었어.

“정말 시험을 그렇게 쉽게 낸다고요? 에이, 거짓말! 선생님도 다른 어른들처럼 말로만 그러시는 거 아니에요?"

선생님은 눈을 끔뻑이며 능서에게 물었어.

"다른 어른들이 뭐랬는데?"

"우리보고 맨날 어른도 못하는 걸 하라잖아요! 공부 열심히 해라, 친구하고 사이좋게 지내라, 잔소리만 많이 한다고요."

"허허허. 선생님은 재미없는 잔소리 대신 너희들에게 아주 재미있는 친구를 만나게 해 줄 수는 있지. 기대되지 않니?"

선생님은 웃으며 말했지만, 아이들은 시큰둥했어.

"피. 난 여태껏 재미있는 친구를 본 적이 없어. 그걸 믿으라는 거야?"

능서는 선생님이 듣지 못하게 작은 소리로 고시랑댔어.

"아, 참. 잊을 뻔했구나. 교실 뒤 사물함 위에 나무 상자가 보이지?"

선생님이 눈을 번쩍이며 아이들에게 물었어. 아이들은

일제히 고개를 돌려 사물함이 있는 뒤쪽을 봤지.

“누군가 버렸거나 잃어버린 물건을 모아둔 거란다. 필요한 친구들은 가져다 쓰도록 해라.”

“에이, 선생님! 남이 버린 걸 누가 써요?”

이번에도 능서가 선생님께 따지듯 말했어.

“혹시 아니? 저기에 있는 물건이 도깨비로 변신해서 너희에게 도움을 줄지?”

선생님은 눈가에 장난스러운 웃음을 달고 말했어.

“선생님은 우리가 아직 유치원생인 줄 아나 봐. 칫, 물건이 도깨비로 변신한다고?”

능서는 연신 입술을 비죽대며 조그만 소리로 빈정대다가 눈을 반짝였어.

“아! 혹시?”

능서는 게임기가 있을지도 모른다고 생각했어. 그때부터 허리를 뒤틀고 궁둥이를 들썩이며 수업이 끝나기만을 애타게 기다렸지.

***

드디어 수업 마치는 종이 울렸어. 능서는 교실 뒤쪽으로 후다닥 달려가서 상자 안을 들여다봤지.

"어, 이게 뭐야?"

능서는 입을 비죽 내밀었어.

상자 안은 여러 칸으로 나뉘어져 있는데, 칸마다 부러진 연필, 귀퉁이가 닳은 지우개, 녹슨 머리핀, 찢어진 수

첩, 짝 잃은 무선 이어폰, 안경 등이 들어 있었지. 아무것도 들어 있지 않은 칸도 있었고. 능서가 생각하는 게임기는 눈을 부릅뜨고 들여다봐도 없었어.

"칫. 이럴 줄 알았어."

능서 가슴에서 방금까지 뭉글뭉글 올라오던 호기심이 푸시시, 꺼졌어. 능서는 콧잔등을 찡그리고 돌아섰지. 그런데 바로 그때, 상자 안에서 뭔가 '반짝!'하고 푸른 빛이 나는 거야. 능서는 다시 상자 안을 가만히 들여다봤어.

"어, 이어폰에서 빛이 나네? 신제품인가?"

능서는 뭔가에 홀린 것 같았어. 이어폰을 꺼내 요리조리 살펴봤지. 그런데 어디에도 빛을 나게 할 장치는 없었어.

능서는 호기심이 생겼어. 그래서 이어폰을 귀에 꽂으며 친구들을 바라봤어. 제일 먼저 맨 뒤에 앉은 재하 뒤통수가 보였어. 뒷자리에 앉은 재하가 친구들 앞에서 어른처럼 호탕하게 웃고 떠드는 소리가 평소보다 더 크고 선명하게 들리는 거야.

'쳇, 키만 크면 다야? 저 녀석은 맨날 형처럼 의젓한 척 한다니까. 속으로는 쫄보일지 어떻게 알아? 저 녀석의 속마음이 궁금해.'

능서가 재하 생각을 궁금해하는 순간, 큰 소리로 웃고 떠드는 재하 목소리 말고 또 다른 재하 목소리가 이어폰을 통해서 들렸어. 이어폰이 재하 생각을 소곤소곤 들려주는 것처럼 말이야.

[에이, 애들 앞에서 폼 잡는 것도 피곤하네.]

'어, 뭐야? 신상품 이어폰은 속으로 하는 말도 들리는 기능이 있는 거야?'

능서는 놀라서 입을 다물지 못했어.

'이렇게 좋은 이어폰을 잃어버리다니. 헤헤, 선생님이 필요하면 가져다 쓰라고 하셨으니, 내가 갖고 가야지.'

능서가 헤실헤실 웃으며 이어폰을 귀에 꽂은 채 자리로 돌아갔어. 그리고 자리에 앉자마자 이어폰을 귀에서 빼려 했지. 그런데 이어폰이 귀에 딱 달라붙어서 빠지지 않는

에이,
폼 잡는 것도 피곤하네…
에이, 얘들
앞에서 폼잡는 것도 피곤…

거야.

'에이, 성능만 좋으면 뭐 해. 빠지지도 않는 불량품이잖아!'

능서는 입을 비죽 내밀고 속으로 투덜댔어.

***

선생님은 일주일에 한 번씩 짝을 바꿔 줬어. 이번에 능서 짝꿍은 소영이야.

"능서야, 우리, 친하게 지내자."

능서는 소영이가 인사하자 갑자기 가슴이 쿵쾅거렸어. 소영이와 짝꿍이 됐으면 하고 기다렸는데, 오늘 그 바람이 이루어진 거야. 친구들은 능서가 가까이 가면 슬슬 피하고 말 방귀라고 놀렸지만, 소영이는 한 번도 그러지 않았어. 능서와 마주치면 늘 생글생글 웃었거든. 그래서 능서는 친구들 중에 소영이를 가장 좋아해.

능서 눈이 웃는 이모티콘처럼 변했어. 입술도 씨익, 늘어났지.

"소영아, 너랑……."

능서가 너랑 짝꿍이 돼서 좋다고 말하려고 소영이를 쳐다봤어. 그런데 소영이는 평소처럼 웃지 않는 거야. 그 모습을 보자 능서는 조금 속상했나 봐.

"뭐야, 너도 나랑 짝꿍 되기 싫은 거야?"

능서 입에서 엉뚱한 말이 튀어나오고 말았어. 중요한 순간에 쓸데없는 말 방귀를 뀌고 만 거야.

"아니야, 능서야. 왜 그렇게 생각해?"

"너도 다른 애들이랑 똑같겠지. 착한 척은!"

능서 입에서 튀어나온 말을 듣고 소영이 표정이 새치름해졌어.

'에이! 또, 요 입이 사고 쳤네.'

능서는 손바닥으로 입술을 때렸어.

그때 민지가 긴 머리카락을 찰랑이며 달려와 소영이의

옆에 서서 말했어.

"야, 구능서. 소영이와 나, 절친이거든!"

민지가 목소리에 힘을 주고 능서에게 말했어.

"그래서?"

능서가 고개를 삐딱하게 올리고 물었어.

“너, 소영이한테는 말 방귀 뀌지 마. 알았지?”

민지가 책상을 짚으며 큰 눈에 힘을 주면서 말했어.

“네가 소영이 보호자냐? 그리고 소영이한테는 한 번도 말 방귀 뀐 적 없거든! 에이, 저리 꺼져!”

능서는 민지를 향해 짜증을 냈어.

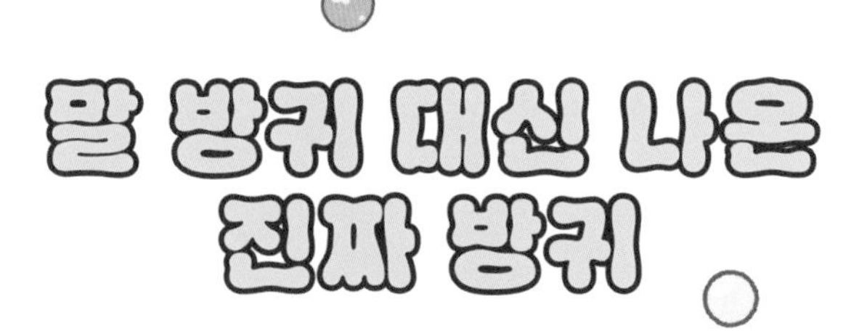

오늘, 민지는 티셔츠를 입고 학교에 왔는데 옷이 조금 작아 보였어. 몸에 착 달라붙어서 볼록 나온 배가 도드라져 보였거든.

"와! 민지야. 너무 예뻐! 청바지랑 잘 어울려."

소영이가 민지 곁으로 와서 칭찬했어.

"정말?"

"응! 진짜 예뻐!"

아이들이 하나둘씩 민지 곁으로 모여들었고, 민지는 아이들을 둘러보며 활짝 웃었어.

능서도 웅성거리는 아이들 사이로 얼굴을 들이밀고 민지를 훑어보았어. 능서 입술이 곧바로 씰룩씰룩했지.

“뭐가 예쁘다는 거야? 옷이 작아서 똥배가 더 튀어나와 보이는데. 동생 옷 입고 왔냐?”

능서는 옷이 조금 작은 것 같다고 말하려고 했어. 그런데 입을 여는 순간, 방귀가 저절로 나오듯 하지 말아야 할 말이 튀어나와 버린 거야.

아이들이 능서 말을 듣고 까르르, 웃었어.

"아니거든!"

민지 얼굴이 점점 발개졌어. 콧김도 씩씩, 나왔어.

"소영아. 내 옷이 그렇게 작아 보이니?"

민지가 씩씩대며 소영이에게 물었어.

"아, 아니야. 요즘은 이렇게 크롭 티처럼 입는 게 유행이잖아."

소영이는 조금 뜸을 들이다 아니라고 대답했어.

소영이 말이 끝나기 무섭게 민지는 능서를 째려봤어.

'흥! 눈치코치 없는 능서는 2학년 때나 지금이나 똑같아. 내가 저를 얼마나 좋아하는 줄도 모르고…….'

민지는 신경질을 부리듯 탁탁, 발소리를 내며 교실을 나갔어. 아이들도 흩어져서 자리로 돌아갔지. 소영이도 시무룩한 얼굴을 하고 자리로 돌아와 앉았어.

"김소영. 민지 옷이 작은 거 맞잖아?"

능서는 자리에 앉는 소영이를 보고 물었어.

"어? 그게…… 그, 그렇기는 하지."

"그런데 민지 앞에서는 왜 아니라고 말했냐?"

능서가 따지는 투로 물었어.

"그래야 민지가 좋아할 것 같아서……."

소영이는 작은 소리로 우물거렸어.

"피. 아니면 아니라고 말해야지, 듣기 좋은 말만 한다고 착한 거냐?"

능서의 말에 소영이가 무언가 숨기다 들킨 것처럼 흠칫거렸어.

***

체육 시간에 발야구를 하다가 진수가 넘어져서 무릎이 까졌어. 아이들이 진수 곁으로 우르르 몰려가서 걱정하는 말을 했지.

"아이, 어떡해. 피나잖아."

“아프겠다.”

“진수야. 얼른 보건실에 가서 치료 받자.”

재하가 진수를 일으켜서 보건실로 데리고 갔어.

“애처럼 넘어지긴…… 그러니까 평소에 운동 신경 좀 키웠으면 이런 일이 없잖아.”

능서가 입술을 삐뚜름하게 올리고 한마디 툭, 내뱉었어.

“야! 넌 친구가 다쳤는데 걱정도 안 되냐?”

“말 방귀 구능서가 방귀만 잘 뀌지, 뭐 잘하는 게 있냐.”

아이들이 일제히 그런 능서를 쏘아보며 나무랐어. 소영이만 아무 말도 하지 않고 능서를 바라봤지.

‘능서가 말은 좀 밉살스럽게 하지만, 남들은 욕먹기 싫어 못 하는 말도 하잖아. 난 용기가 없어서 절대로 그런 말 못 하는 겁쟁이인데…….’

소영이는 놀림 받는 능서 편을 들어 주고 싶었어. 누구의 눈치도 안 보고 하고 싶은 말을 하는 능서를 닮고 싶었거든.

* * *

능서는 아이들이 우르르 교실로 들어가는 뒷모습을 멍하니 바라보며 중얼거렸어.

"나는 그냥 장난으로 한 말인데……."

능서가 시무룩한 얼굴을 하고 교실로 들어와 자리에 앉았어.

"능서야, 왜 그래? 무슨 일 있어? 얼굴이 안 좋아 보여."

소영이는 엄마 같은 말투로 걱정했어.

"피, 너 지금 엄마 흉내 내냐?"

능서는 늘 하던 대로 상대방의 기분은 생각지도 않고 말을 툭, 내뱉다가 소영이 눈과 마주쳤어. 소영이 눈엔 걱정이 가득해 보였지.

'소영이가 내 걱정을 하는 건가? 진짜인지 궁금해.'

능서가 궁금하다는 생각을 하자마자, 소영이가 속으로 하는 말이 이어폰을 통해 들렸어.

[능서는 왜 듣기 싫어하는 말을 할까? 친구들을 기분 좋게 하는 말을 하면 좋을 텐데…….]

능서는 어안이 벙벙한 얼굴로 소영이를 바라봤어.

'역시, 신상품 이어폰 기능은 대단해. 재하 생각을 들었을 때는 잘못 들었나 의심했었는데 진짜였어! 내가 궁금하다고 하면 이어폰이 다 듣게 해 주는 건가 봐. 와, 이 이어폰 대박이다! 도깨비 같아!'

능서는 이어폰으로 소영이의 생각을 듣는 게 놀랍고 신기했어. 지금까지 본 어떤 책이나 영화에도 이런 이야기는 없었거든.

능서가 보기에 소영이는 늘 표정이 밝은 아이야. 친구들의 기분을 좋게 하는 말을 잘하고, 누구에게나 친절했어. 친구들과 선생님도 그런 소영이를 좋아했지.

능서는 맨날 칭찬만 듣는 소영이에겐 걱정할 일이 하나도 없는 줄 알았어. 그런데 능서를 걱정하는 소영이의 속마음을 알고 나니 미안한 마음이 들었지.

속상해
기분 좋게 말하면
서는 왜
싶은 말을 할까?

'소영이가 왜 내 걱정을 하지? 나를 별로 좋아하지도 않으면서……. 이유가 궁금해.'

능서가 궁금하다는 생각을 하자마자 소영이의 속마음이 이어폰을 통해 또 들렸어.

[능서랑 친해지려면 어떻게 해야 하지? 좋은 말을 해 줘도 빈정대고 툴툴대니. 능서와 친해져서 마음속에 있는 말을 시원하게 하는 걸 배우고 싶은데…….]

입꼬리가 올라가서 항상 웃는 것처럼 보였던 소영이 입술이 아래로 축 처졌어. 그러자 보조개도 감쪽같이 사라졌어.

'어? 만날 보이던 보조개가 어디 갔지? 나 때문에 없어진 거야?'

능서는 평소와 다른 소영이 표정을 보고 마음이 복잡해졌어.

'뭐든 잘하는 소영이의 코를 납작하게 해서 우쭐했는데…….'

우쭐했던 마음은 사라지고 미안한 마음이 가득 찬 능서는 고개를 저었어.

'에이, 어느 게 진짜 내 마음인지 헷갈려.'

능서는 복잡하고 골치 아픈 걸 싫어했어. 걱정 같은 것도 할 필요가 없었지. 그때그때, 뭐든 하고 싶으면 하고 하기 싫으면 안 하면 됐거든.

그런데 소영이는 능서와 너무 달라 보였어. 소영이가 "아니"나 "싫다"고 말하는 걸 본 적이 없었어. 능서는 자기와 너무 다른 소영이가 이해되지 않았어.

'소영이 재는 진짜 착한 거야, 아니면 착한 척하는 거야?'

능서는 소영이를 바라보며 어떻게 친구들한테 그렇게 잘할 수 있느냐고 물어 보려 했어. 그런데 능서 생각과 다르게 입에서는 엉뚱한 말이 튀어나와 버렸어.

"김소영. 너, 착한 척하느라 힘들겠다."

"어? 무슨 얘기야?"

"하기 싫은 것도 거절하지 못하고, 좋아하지도 않는데 좋아하는 척하잖아?"

소영이는 능서가 하는 말을 듣고 화들짝 놀랐어. 눈동자도 흔들렸지.

능서는 흔들리는 소영이의 눈동자를 바라봤어. 능서 입술이 서서히 옆으로 늘어났어.

"헤헤. 김소영, 너 지금부터 걱정 대왕이 된 걸 축하해."

이제 소영이는 착한 척 대왕과 걱정 대왕, 두 개의 별명을 갖게 됐어.

능서는 자기 멋대로 지어낸 노래를 흥얼흥얼 불렀어.

"싫은데도 아닌 척~. 아닌데도 그런 척~. 척, 척, 척하느라 너무 힘들어~. 척, 척, 척으로 가득 찬 마음~."

소영이는 자기 속마음을 고스란히 노래로 말하는 능서가 미웠어. 능서가 부르는 노래 때문에 친구들에게 자기 진짜 모습이 알려지는 게 겁이 났거든. 소영이는 눈동자를 이리저리 굴리며 아이들의 눈치를 살폈어.

* * *

3교시 체육 시간에 운동장에서 팀을 나누어 족구를 했어. 능서와 민지는 1팀에 들어갔고, 소영이와 재하는 2팀이었지.

민지가 입술을 앙다물고 소영이를 향해 공을 던졌어. 소영이는 날아오는 공을 피하느라 뛰어다녔지.

'민지가 소영이한테 화가 났나? 표정이 왜 저래? 궁금하네.'

그 순간 민지가 속으로 하는 말이 생생하게 들리기 시작했어.

[소영이가 요즘 맘에 안 들어. 착한 척하는 꼴도 보기 싫고. 애들은 왜 저런 애를 좋아하는지 모르겠어. 칫!]

능서가 놀라서 손으로 입을 막고 민지를 바라봤어. 마침 민지가 고개를 홱 돌렸지. 민지는 공이 자기에게 오자마자 큰 눈을 부릅뜨고 소영이에게 힘껏 던졌어. 소영이가 폴짝 뛰며 피했지.

[흥, 다음번엔 꼭 맞혀서 네 코를 납작하게 해 주겠어.]

능서는 민지가 겉으로 보여 주는 행동과 속으로 하는 생각이 다른 걸 보고 머리가 어지러웠어.

'뭐야? 둘이 단짝이라더니…….'

능서는 싫은데 좋은 척을 해 본 적이 없었어. 그래서 민지가 이해되지 않았지.

'왜 다들 이상하게 사는 거야? 싫으면 싫고, 좋으면 좋은 거지.'

능서는 고개를 절레절레 저었어.

'하긴, 나도 속마음과 다른 말을 해서 친구들이 싫어한 적이 많으니까.'

능서가 이런저런 생각을 하는 사이에, 민지가 던진 공이 소영이의 가슴을 "팍!" 소리 나게 쳤어.

소영이가 뒤로 넘어지면서 엉덩방아를 찧었어. 민지가 후다닥, 소영이에게 달려갔어.

“어머! 소영아, 괜찮니? 아프지? 어, 어떡해. 정말 미안해.”

민지는 울먹거리면서 소영이를 걱정했어.

“괜찮아. 넘어지면서 바닥을 짚다가 손바닥이 조금 긁혔을 뿐인걸.”

소영이는 아파서 인상을 쓰면서도 괜찮다고 말했어.

‘아! 피 나는 거 아니야? 소영이 많이 아파 보이는데?’

능서는 자기 손바닥이 긁힌 것처럼 얼얼해서 손바닥을 얼른 들여다봤어. 당연히 능서 손바닥은 멀쩡했지. 능서는 자기가 한 행동을 누가 볼까 봐 얼른 손을 바지 주머니에 넣고 아이들 눈치를 살폈어.

그때 민지는 소영이 손바닥에 묻은 흙을 털어 주고 입으로 호호, 불어 줬어. 친구들과 선생님도 걱정했지.

능서는 멍하니 그런 민지를 바라보면서 머리를 흔들었어.

‘조금 전에 분명히 속으로 소영이를 싫어한다 말해 놓고

애들은 왜 저런 애를 좋아하는
착한 척 하는 것도 꼴도 보기 싫어…
소영이가 요즘 맘에 안들어
진짜 싫어! 짜증나!!!

저렇게 걱정한다고? 아, 뭐가 진짜고, 뭐가 가짜인지 모르겠네.'

능서는 퉁퉁걸음으로 교실로 들어와 자리에 앉았어. 족구도 열심히 안 했는데 피곤이 몰려왔지.

'에이, 친구들 속마음을 알게 되니까 자꾸 복잡해지는 것 같아. 난 그런 거, 딱 질색인데.'

소영이가 자리에 앉으며 능서를 슬쩍 쳐다봤어.

"걱정 대왕…… 아니, 소영아. 엄청 아프지?"

능서가 뒷머리를 긁적이며 물었어.

"괜찮아. 아주 조금 긁혔을 뿐인데 뭐. 걱정해 줘서 고마워."

능서가 걱정하는 걸 본 소영이는 하얀 이를 보이며 웃었어. 보조개도 따라서 웃었어.

능서는 소영이의 웃는 모습을 보고 기분이 조금 나아졌어. 복잡했던 마음도 조금 편해졌고.

"그런데……."

능서는 민지가 너를 싫어한다고 말해 주고 싶었지만, 소영이의 웃는 얼굴을 보고 선뜻 입이 떨어지지 않았어.

'민지가 속으로 한 말을 알면 소영이가 속상할 거야.'

능서는 하고 싶은 말을 하지 못해 입이 근질거렸어. 궁둥이도 들썩거렸고.

'안 돼. 절대로 안 돼!'

능서는 배에 힘을 꽉 주고 참았어. 처음으로 다른 사람을 생각해서 하고 싶은 말을 죽을 만큼 힘들게 참은 거야.

"뿌웅!"

그때, 참고 싶은 말 대신 진짜 방귀가 나와 버렸어.

몰라도 걱정, 알아도 걱정

능서는 소영이가 하얀 이를 보이며 웃을 때 자꾸 의심이 들었어.

‘소영이가 가짜로 웃는 거 아닐까?’

능서는 소영이의 마음을 알고 싶었어. 그러면 소영이와 친해지는 데 도움이 될 거라고 생각했거든. 하지만 능서는 곧 고개를 저었어.

‘에이, 소영이 마음이 어떻든, 내가 하고 싶은 말을 해 버려야지.’

능서는 3학년이 된 첫날부터 하고 싶었던 말을 하기로

마음먹었어. 그런데 안 하던 짓을 하려니 너무 떨렸지.

"소, 소영아. 너, 너 오늘 예뻐 보여."

가뜩이나 발그레한 능서의 볼이 더 빨개졌어. 혀가 꼬여서 말도 더듬거렸지.

"정말?"

소영이가 눈을 깜빡이며 물었어.

"응. 넌 웃는 모습이 진짜 예뻐!"

능서는 입을 헤벌쭉 벌리고 대답했어.

"능서야. 고마워. 너한테 다정한 말을 처음 들어서인지 기분이 너무 좋아."

"처음 만났을 때부터 예쁘다고 말하고 싶었어. 그런데 쑥스러워서 못 했어. 헤헤헤."

능서는 쑥스러운 걸 감추려고 입을 가리고 웃었어.

"하하. 그랬구나."

능서와 소영이가 웃다가 둘이 동시에 옆으로 고개를 돌렸어. 옆에서 따가운 눈초리가 느껴졌거든.

"민지야, 언제 왔어?"

소영이가 눈웃음을 지으며 물었어.

"너의 둘! 언제부터 그렇게 친했어? 뒤에서 보니까 절친처럼 보이더라."

민지가 팔짱을 끼고 둘을 내려다보고 말했어. 민지 목소리가 가시처럼 따끔따끔하게 느껴졌어.

"어, 그게……."

소영이가 제대로 대답을 못 하고 얼버무렸어.

"소영이, 너! 나랑만 절친하겠다고 약속했잖아!"

"그, 그게……."

이번에도 소영이는 대답을 제대로 못 했어. 민지의 커다란 두 눈에 눈물이 그렁그렁 맺혔거든.

"민지야, 그런 게 아니고……."

소영이는 얼굴이 하얗게 변해서 어찌할 줄 몰라 했어.

"뭐가 아니야? 나는 너만 좋아하는데, 너는 반 친구들한테 다 잘해 주잖아? 모두에게 잘 보이고 싶어서 그런 거 맞잖아!"

민지는 소영이에 대한 원망을 수돗물이 쏟아지는 것처럼 콸콸 쏟아냈어.

"나도 너를 제일 좋아해. 진짜야."

소영이는 아기를 달래듯 민지를 달랬어.

"거짓말! 거짓말하지 마!"

민지는 소영이를 향해 눈을 부릅뜨고 소리를 질렀어.

"민지야, 왜 그래? 내 절친은 너야. 능서는 짝꿍이니까 잘 지내려고 노력하는 거야. 휴!"

소영이는 자기 가슴을 탁탁, 치면서 한숨을 쉬었어.

'아휴, 겉과 속이 다른 앙큼한 조민지!'

능서가 속으로 민지를 타박하며 노려봤어. 입 밖으로 그 말이 튀어나오려고 하는 걸 겨우 막았지. 능서는 소영이가 칭찬해 준 걸 망치고 싶지 않았거든. 그래서 말 방귀를 뀌지 않으려고 애를 썼어. 화도 내고, 욕도 하고, 소리도 치고 싶었지만 간신히 참았지.

"조민지, 너! 지금 너무하는 거 아니야?"

계속 참으려 했지만 능서는 속상해하는 소영이를 보자 더 이상 참지 못하고 민지에게 따졌어.

"넌, 뭐야! 뭔데 남의 일에 참견해!"

민지가 능서 얼굴에 손가락을 들이대며 소리를 질렀어.

"조민지, 너 원래 소영이 싫어하잖아! 겉으로만 좋아하는 척, 친한 척하는 거 다 알고 있거든!"

능서도 민지 얼굴에 대고 소리를 질렀어.

"앗!"

능서는 놀라서 자기 입을 손바닥으로 막았어. 능서는 듣기 좋은 말로 민지를 달래려고 했는데, 그만 민지가 듣기 싫어할 말만 총알처럼 빠르게 내뱉은 거야.

"네가 내 마음을 어떻게 알아? 누가 그런 말을 해? 내가 가만 안 둘 거야!"

민지는 앙칼진 목소리로 능서를 다그쳤어.

"내가 한 말이다. 왜? 문제 있어? 이어폰이 다 알……."

능서는 이어폰이 알려 줬다고 말하려다가 아차, 하고 자기 말을 중간에 끊었어.

"뭐라고? 이어폰이 뭐가 어쨌다고?"

민지는 얼굴을 능서에게 가까이 들이대며 따졌어. 민지의 긴 머리카락도 민지 편을 드는 것처럼 찰랑대며 따라서 들이댔지.

그때 수업 종이 울려서 어쩔 수 없이 민지는 자기 자리로 돌아갔어. 민지 코에서 화가 잔뜩 난 콧바람이 '풍풍!'

나왔어.

소영이는 그런 민지를 보며 안절부절못했어.

"신경 쓰지 마. 걔는 화가 나도 금방 풀어져. 2학년 때 내 짝꿍이었잖아. 그때도 그랬어."

능서가 소영이를 달랬어.

***

능서는 체육 시간에 운동장에 빨리 가려고 뛰어갔어. 그러다 민지가 앉은 책상 모서리에 다리를 부딪치고 말았지.

"앗! 아파! 에이씨."

능서가 다리를 문지르며 얼굴을 찡그렸어.

"쌤통이다!"

민지가 혀를 쏙 내밀고 빈정댔어.

"너, 나중에 두고 봐!"

능서는 민지 턱밑에 종주먹을 들이대며 말했어. 민지는 그런 능서를 째려봤지.

'얘는 나를 왜 미워하는 거야? 그리고 소영이랑 절친이라며 소영이도 미워하는 것 같고. 도무지 알 수 없는 민지 생각이 궁금해.'

능서가 궁금하다고 생각하는 순간, 민지 생각이 이어폰을 통해서 들렸어.

[아휴, 눈치코치 없는 구능서. 내가 저를 얼마나 좋아하는지도 모르고. 1년 동안 짝꿍이었던 나보다 소영이를 더 좋아해? 네가 자꾸 그러면 소영이를 더 미워할 거라고!]

능서는 눈을 휘둥그레 뜨고 민지를 바라봤어.

"뭐야, 너. 왜 그런 눈으로 날 봐?"

민지가 쌀쌀맞은 목소리로 물었어.

"아, 아니야. 난 그냥……."

능서는 당황해서 얼른 운동장으로 나갔어. 민지의 속마음을 알고 나니 원래 좋아하던 공차기도 하고 싶은 마음

쌤통이 뭐야?
너, 나중에 두고 봐!

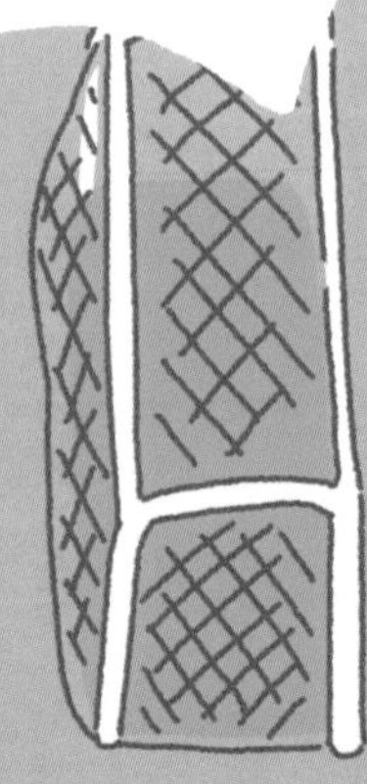

뭐야, 너.
왜 그런 눈으로
날 봐?

아유, 눈치코치 없는 구능서...
좋아 하는지

이 사라졌지.

'나도 너랑 친해지고 싶었다고. 만날 나만 보면 입술을 비죽거리고 쌀쌀맞게 구니까 날 싫어하는 줄 알았지. 칫. 그동안 왜 속마음하고 다른 행동을 한 거야?'

능서는 민지가 자기를 좋아하고 있다는 게 믿어지지 않았지만, 기분은 좋았어.

'에이, 친구랑 친해지기가 이렇게 복잡한 줄 몰랐어.'

민지는 능서와 마주칠 때마다 눈을 흘기고 입을 비죽거렸어. 그런데 능서는 민지가 그러거나 말거나 신경 쓰지 않았지. 왜냐하면 민지는 2학년 때도 늘 그랬으니까.

민지는 2학년 때 별명이 거울 공주였어. 긴 머리에 예쁜 핀을 꽂고, 화려한 원피스를 주로 입고 다녔거든. 쉬는 시간마다 손거울을 보느라 친구들과 놀 시간이 별로 없어 보였지.

민지는 짝꿍 능서가 자기를 좋아해 주고, 칭찬해 주기를 바랐어. 그런데 능서는 그 마음도 모르고 민지에게 별명을 지어 주고, 놀리고, 짓궂게 굴었지. 능서는 지금까지 한 번도 상대방의 기분을 먼저 생각하고 말이나 행동을 한 적이 없어. 뭐든 자기 하고 싶은 대로 했거든.

그렇지만 능서도 민지에게 관심이 있었나 봐. 그러니까 거울을 자주 보는 민지에게 '거울 공주'라는 별명을 지어 줬겠지.

비밀 친구라고?

능서는 소영이랑 같이 점심을 먹고 싶었어.

"걱정 대왕……."

능서가 소영이에게 밥 먹으러 같이 가자고 말하는 순간, 또 말 방귀가 먼저 튀어나오려고 했어. 능서는 입술을 꽉, 물고 나오려던 말 방귀를 도로 집어넣었어.

"아, 아니. 소영아, 밥 먹으러 같이 갈래?"

소영이가 웃으며 고개를 끄떡였어. 그때 재하가 와서 소영이 팔을 잡아끌었어.

"소영아, 얼른 가자."

소영아,
밥 먹으러
같이 갈래?

"어, 어. 능서도 같이……."

재하는 소영이의 말은 듣지도 않고 빨리 가자고 다그쳤어.

능서가 그런 둘의 뒷모습을 바라보았어.

'칫. 나도 좀 끼워 주면 안 되나? 소영이는 내 짝꿍인데……. 재하 저 녀석은 진짜 맘에 안 들어.'

능서는 입술을 비죽대다가 재하가 무슨 생각을 하는지 궁금했어. 이어폰을 통해 듣고 싶었지만 참았어.

'다른 사람 생각에 맞추려면 힘들어. 그냥 원래 하던 대로 할래.'

"능서야, 넌 밥 먹으러 안 가냐?"

그때, 선생님이 능서의 어깨를 감싸며 물었어.

"지, 지금 가려고 했어요."

능서는 속으로 한 말을 선생님이 듣고 "너, 내가 속으로 하는 말도 궁금한 거지?"라고 물을 것 같아 후다닥 도망갔어.

"허허허, 능서는 이제 비밀 친구 없이 혼자서도 잘 해낼

수 있을 것 같구나."

선생님은 달려가는 능서를 보며 말했어.

'비밀 친구? 누구를 말씀하시는 거지? 소곤소곤 이어폰이 비밀 친구라는 건가?'

능서는 고개를 갸웃대다가 뒤를 돌아봤어. 도가비 선생님이 두툼한 입술을 씨익, 늘리고 웃고 있었어. 능서도 선생님을 따라 웃었어.

능서는 급식실로 가서 줄을 서서 기다렸어. 먼저 온 아이들이 끼리끼리 모여서 재잘거리고 있었지. 오늘 반찬은 멸치조림, 시금치나물, 계란말이, 우엉조림이야.

"에이, 오늘 반찬이……."

능서는 "반찬이 뭐 이래?"라고 투덜대려다가 영양사 선생님과 눈이 마주치자 말을 멈췄어. 영양사 선생님이 눈을 찡긋하며 능서에게 아는 체를 했어.

'지금 선생님이 속으로 나한테 뭐라고 하시는 걸까?'

능서는 갑자기 영양사 선생님의 속마음이 궁금했어. 전에는 다른 사람이 무슨 생각을 하는지 궁금하지 않았거든. 그런데 이어폰을 갖고부터 다른 사람의 속마음이 자꾸 궁금해지는 거야.

'아, 복잡한 거 싫은데. 이게 다 이어폰 때문인 것 같아.'

능서가 속으로 하던 욕이 그만, 입 밖으로 튀어나오고 말았어.

"에이씨. 이어폰이……."

능서는 이번엔 욕 방귀를 뀌고 말았어.

"뭐라고? 지금, 누구한테 하는 말이니?"

마침 능서 옆을 지나가던 영양사 선생님이 놀란 표정으로 물었어.

"아, 저 그게……. 이어폰한테 말한 건데요."

선생님은 고개를 갸웃거리며 못 믿는 듯한 표정을 지었어.

"진짜예요. 그런데 저, 선생님!"

능서는 욕을 했다는 누명을 벗으려고 궁리하다가, 얼떨결에 선생님을 불렀어.

"왜?"

"점심 맛있게 먹겠습니다!"

능서는 변명 대신 능청스럽게 인사를 했어.

"하하, 그래. 맛있게 먹으렴."

선생님이 환하게 웃으며 말했어.

능서는 식판을 들고 빈자리를 찾아 앉았어. 그런데 정말 밥이 맛이 없는 거야. 다른 때는 습관처럼 툴툴댔는데, 오늘은 진짜 툴툴댔어. 밥도, 국도, 반찬도 다 맛이 없었거든.

"치. 이렇게 맛이 없는데도 애들은 잘도 먹네."

능서는 밥을 반도 못 먹고 터벅터벅 걸어서 교실로 돌아왔어. 밥을 먼저 먹고 온 친구들이 모여서 떠들고 있었어.

'민지는 나만 보면 샐쭉거리고, 소영이는 나보다 민지를 더 좋아하고. 재하는 형처럼 굴고. 휴, 친구 관계는 너무 복잡하고 어려워.'

능서는 친구들을 바라보며 한숨을 쉬었어.

***

소영이가 자리로 돌아와 앉으려다가 엎드려 있는 능서를 보고 걱정했어.

"능서야. 무슨 일 있어? 아니면, 어디 아파?"

"아니, 안 아파."

"그런데 왜 엎드려 있어? 진짜 아픈 거 아니지?"

소영이 목소리에 걱정이 가득 담겨 있었어. 능서는 소영이가 말할 때 따뜻한 바람이 나와서 능서 몸을 감싸는 것 같아 기분이 좋아졌지. 그래서 엎드린 채 실실 웃었어.

"그런데 너답지 않게 왜 그러고 있어?"

능서는 천천히 고개를 들고 물었어.

"나다운 게 뭔데?"

"넌, 걱정이 하나도 없는 것 같아. 하고 싶은 말도 거리낌 없이 하잖아. 너처럼 그러면 마음이 홀가분할 것 같아. 난 하고 싶은 대로 못 해서 가슴이 늘 답답하거든. 그래서 네가 부러워."

"내가 부럽다고?"

"응."

"헤헤. 그러면 나한테도 좋은 점이 있다는 거야?"

"당연하지."

"애들이 날 싫어해서 나한테는 좋은 점이 하나도 없는 줄 알았어."

"왜 그런 생각을 해? 널 좋아하는 친구도 많아."

"정말? 너한테 그런 말을 들으니까, 기분이 너무 좋다. 헤헤."

조금 전까지 엉킨 실타래처럼 복잡하게 꼬였던 능서의

마음이 풀렸어.

“다른 애들은 나만 보면 말 방귀라고 놀리고 피하던데?”

“그건 장난치는 걸 거야. 네가 나한테 착한 척 대왕이라고 놀리는 것처럼 말이야.”

능서는 믿을 수 없다는 듯 눈을 깜빡였어.

“난, 네가 나처럼 눈치 보지 않고 솔직하게 행동하는 점이 맘에 들어.”

소영이가 보조개를 위로 살짝 올리며 말했어.

“정말?”

능서는 만날 핀잔만 듣다가 칭찬을 들으니까, 기분이 좋았어. 가슴이 간지러워서 몸을 움찔거릴 정도였지.

“나도 너처럼 하고 싶은데, 그게 잘 안 돼. 사람들이 싫어할까 봐 겁나서 못 하겠어.”

“난, 뭐든 잘하는 네가 부러운데.”

능서는 소영이 말에 맞장구를 쳐주며 생각했어.

‘나는 상대방 기분은 생각지도 않고 하고 싶은 말을 해

버리는데, 소영이는 상대방 기분을 생각해서 하고 싶은 말을 참았던 거구나.'

능서는 소영이를 바라보며 소영이가 참 대단하다고 생각했어.

'그걸 어떻게 참지? 방귀 참는 것보다 더 어려울 텐데.'

능서는 소영이가 하는 말을 잘 들으려고 귀를 기울였어.

"사, 사실은 너의 그런 점이 부럽기는 한데, 네 말은 왠지 기분이 나쁘기도 해. 그래서 나도 어느 게 맞는지 잘 모르겠어."

소영이는 능서 눈치를 살피며 더듬더듬 말했어.

"그동안 나 때문에 기분 나쁠 때가 많았어?"

소영이는 얼른 고개를 끄떡였어. 능서 표정이 시무룩해졌지.

"그랬구나. 에이, 이 입이 문제야. 속으로 생각하는 것까지 떠벌렸으니……. 이어폰 때문에 더 심해진 것 같아."

능서는 손바닥으로 자기 입술을 때렸어.

"뭐? 너, 이어폰 끼었어? 난 한 번도 못 봤는데?"

소영이가 눈을 휘둥그레 뜨며 물었어. 능서는 이어폰을 꽂은 귀를 보여 주었지.

"이거야. 그런데 얘가 아주 신통해. 다른 사람의 생각을 다……."

"이어폰? 없는데?"

능서는 귀를 만져 보았어.

"여기 있잖아! 안 보여? 여기 내 귀에 꽂혀 있잖아!"

"아니, 아무리 봐도 없어."

소영이는 고개를 갸웃대며 눈을 깜빡였어.

"이상하네. 이어폰이 다른

이어폰?
없는데?

사람한테는 안 보이는 건가?"

능서도 소영이처럼 고개를 갸웃거렸어.

그때 다음 수업 시작종이 울리고 선생님이 교실로 들어왔어. 그래서 둘의 이야기는 멈췄지. 능서는 하다가 멈춘 말이 하고 싶어 입이 근질거렸어. 선생님의 말씀이 귀에 하나도 안 들어왔지.

드디어 수업 마치는 종이 울렸고, 아이들이 웅성웅성 떠들었어. 능서는 소영이가 이어폰을 보지 못하는 게 이상해서 다시 물어보려고 했어. 그런데 소영이는 이어폰에는 관심 없다는 듯 엉뚱한 걸 물었지.

"능서야, 너 요즘 무슨 좋은 일 있어?"

소영이가 눈을 동그랗게 뜨고 물었어.

"아니, 아무 일도 없는데."

능서는 소영이가 관심을 가져 주는 게 좋아서 씩, 웃었어. 그리고 하고 싶은 말은 그냥 속으로 했어.

'사실은 나, 너에게 잘 보이고 싶어.'

닮은 꼴

소영이는 민지와 다툰 일 때문에 우울해서 능서와 이야기하며 위로받고 싶었어.

“능서야, 학교 마치고 함께 숙제할래?”

소영이는 능서가 거절할까 봐 걱정하는 것처럼 보였어.

“저, 정말?”

능서 눈이 왕방울만 하게 커지더니, 입도 세숫대야만큼 커졌어.

“소영아, 그럼 우리 집에 가서 하자!”

“좋아!”

“소영아, 민지도 같이 가도 돼?”

“물론이지. 민지랑 지난번 일로 서먹했는데, 같이 숙제 하면서 풀면 좋겠다.”

소영이는 하얀 이를 보이며 웃으면서 말했어.

“헤헤헷! 나, 민지한테 말하고 올게.”

능서는 민지 자리로 쪼르르 달려갔어.

“민지야, 너 오늘 학교 끝나고 우리 집에 갈래?”

가뜩이나 큰 민지의 눈이 더 커졌어.

"정말?"

"응. 소영이랑 셋이 같이 숙제하고 놀자."

민지의 눈이 곧바로 샐쭉해졌어.

"왜? 안 가고 싶어?"

능서가 시무룩한 얼굴을 하고 물었어.

"아, 아니야. 갈게. 나 안 가도 너희 둘이 갈 거잖아."

"네가 같이 가면 소영이가 더 좋아할걸."

"알았어. 너희 둘만 친한 거 싫어. 나도 꼭 갈 거야."

"그래? 헤헤, 그럼 이따가 보자."

능서는 어깨를 들썩이며 자리로 돌아왔어.

"소영아, 민지도 같이 간대."

능서 말을 들은 소영이 얼굴이 환해졌어.

능서는 그동안 친구들과 친해지고 싶었거든. 그런데 방법을 몰라 허둥대기만 했었어. 기분 나쁘게 하고, 걱정하게 만들고, 웃음을 달아나게 했었지.

'소영이는 내가 맨날 놀리고 트집을 잡았는데, 그게 진

짜 내 마음이 아니라는 걸 어떻게 알았지?'

능서는 소영이를 힐끔 쳐다봤어. 이어폰 도움 없이 친구의 속마음을 알아챈 소영이가 너무 대단해 보였거든.

'이어폰도 신기하지만, 소영이가 더 신기한 것 같아.'

능서는 친구들의 속마음을 알려 준 이어폰이 고마웠어. 이어폰을 못 만났으면 소영이의 마음을 몰랐을 거야. 겉으로 쌀쌀맞게 굴면서도 속으로는 능서를 좋아하는 민지 마음도 몰랐을 거고 말이야.

능서는 이어폰을 원래 있던 자리에 넣어 놓으려고 귀에서 이어폰을 빼려고 했어. 그런데 이번에도 이어폰이 귀에서 빠지지 않았지.

'에이, 왜 안 빠지는 거야? 이젠 이어폰 없이도 친구들 마음을 이해하고 배려할 수 있을 것 같은데.'

능서는 이어폰을 빼려고 머리를 흔들고, 귓바퀴를 탁탁 치고, 손가락으로 이어폰을 잡아당겨 보았지만, 이어폰은 꿈쩍도 하지 않았어.

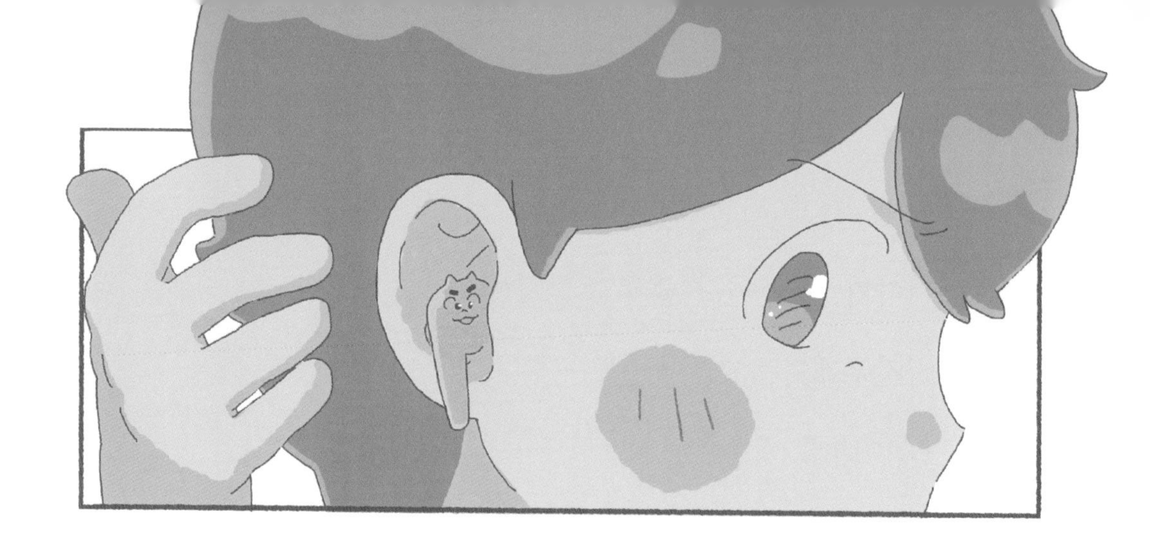

'그동안 나 때문에 상처받은 친구들에게 사과할 거야. 이제부터는 나한테 친구들 생각을 소곤소곤 들려주지 않아도 돼. 그러니까 이제 원래 있던 네 자리로 돌아가!'

능서가 마음속으로 다짐하는 말을 마치자마자, 이어폰이 귀에서 쏙 빠졌어.

'오! 이어폰이 내가 반성할 때를 기다린 거야, 뭐야? 참 신기하네.'

능서 눈이 휘둥그레졌어.

'소곤소곤 이어폰, 그동안 고마웠어. 안녕!'

능서는 활짝 웃으며 마음속으로 이어폰과 작별 인사를 했어.

마음이 홀가분해진 능서는 이어폰을 상자에 넣고 돌아서다가, 귀퉁이가 닳은 지우개에 눈길이 갔어.

'지우개가 민지와 소영이에게 있었던 일을 싹, 지워 주면 좋겠네.'

능서는 지우개를 슬그머니 집어 바지 주머니에 넣고, 누가 볼까 봐 두리번거렸어. 그때 사물함 옆에 있는 커다란 거울에 비친 자기 모습을 보았어.

"어! 키가 조금 큰 것 같은데?"

능서 입이 헤벌쭉하게 벌어졌어.

* * *

능서가 초인종을 눌렀어. 현관문을 열어 주던 엄마가 놀라서 말을 더듬었어. 친구를 두 명이나 집으로 데리고 온 건 처음이었거든. 게다가 여자 친구들이라니.

"능, 능서야. 무, 무슨 일이야?"

"안녕하세요! 능서와 함께 숙제하려고 왔어요."

소영이가 고개를 숙이며 공손하게 인사했어. 민지도 따라서 고개를 숙였어.

"어, 그래. 반갑구나. 어서 들어와."

능서 엄마는 연신 웃었어. 목소리에 들뜬 표시가 팍팍, 났어.

"뭐 먹고 싶은 거 있니? 엄마가 다 해 줄게."

"엄마, 우리 숙제해야 하니까 얼른 나가."

능서가 엄마 등을 막 떠밀었어.

"알았어. 우리 능서가 친구를 집으로 데리고 온 게 처음이라 좋아서 그러지."

엄마는 아이들이 숙제하는 동안 능서 방에 연신 들락거렸어. 물을 가지고 오고, 주스를 가지고 오고, 과일을 가지고 오고, 온갖 핑계를 대면서 말이야.

"에이, 엄마는 계속 왜 그런대."

능서가 뒷머리를 긁적이면서 소영이와 민지 눈치를 봤어.

"왜? 난 좋은데. 다정한 엄마가 부럽기만 한걸."

민지가 턱을 괴고 능서를 보며 말했어.

능서는 민지가 자기를 부러워하는 것이 신기했어. 늘 다정한 엄마가 부러움의 대상이 될 줄은 몰랐거든.

셋이 숙제부터 하고 놀기로 했어.

소영이는 민지 곁에 앉으려고 옆으로 다가갔어. 하지만 민지는 표정으로 싫다는 티를 냈지. 소영이는 그래서 민지 옆에 엉거주춤하게 서 있게 되었어. 능서는 소영이와 민지의 눈치를 보며 안절부절못했지.

'어떻게 해야 하지?'

능서는 도무지 좋은 생각이 떠오르지 않아 머리카락을 헤집으며 고민했어.

민지는 능서의 마음도 모르고 숙제장 귀퉁이에 낙서를 하고 있었어.

능서는 낙서를 슬쩍 넘겨다보며 생각했어.

'김소영과 구능서는 안 친하고, 구능서와 조민지는 친하다는 뜻인가? 소영이와 나도 하트 해 주지.'

그때, 민지가 연필에 달린 지우개로 방금 쓴 낙서를 지

우려고 했어.

'이럴 때 지우개가 도깨비로 변신해서 두 사람의 안 좋은 기억을 싹싹 지워 주면 좋을 텐데.'

능서는 얼토당토않은 생각을 하며 필통에서 귀퉁이가 닳은 지우개를 재빨리 꺼냈어.

"민지야, 잠깐만!"

능서는 민지 손에서 연필을 낚아채고 필통에서 꺼낸 지우개로 민지가 한 낙서를 싹싹, 지웠어. 도가비 선생님의 상자 속에서 챙긴 지우개였지. 이어폰이 너무 신기해서 이번엔 지우개를 한번 챙겨와 봤거든.

"……?"

민지가 눈을 동그랗게 뜨고 무슨 짓이냐는 눈빛으로 능서를 쳐다봤어.

"헤헤. 그냥, 내가 지워 주고 싶어서. 숙제장에 낙서하면 선생님께 혼나잖아."

능서와 민지가 눈을 맞추고 이야기하는 잠깐 사이에, 심

통이 난 것처럼 보였던 민지의 표정이 다정한 표정으로 슬그머니 바뀌었어.

"고마워, 능서야."

민지가 웬일로 나긋나긋한 목소리로 말했어.

'헉! 뭐야? 지우개가 진짜 도와 준 건가?'

능서는 신기해서 민지와 소영이 얼굴을 번갈아 보았어.

"소영아, 넌 숙제 안 할 거야? 왜 멀뚱히 서 있어? 어서 내 옆에 앉아."

민지는 옆에 서 있는 소영이를 올려다보고 말했어.

"어? 어, 그럴게."

소영이도 어리둥절한 표정을 지으며 눈만 깜빡였어.

"헤헤헤. 지우개가 마음 안에 있는 섭섭한 기억을 싹싹 지웠나 봐."

"뭐라고?"

소영이와 민지가 동시에 능서를 보며 물었어.

"아, 아니야. 그냥 재미있으라고 한 얘기야. 히히힛."

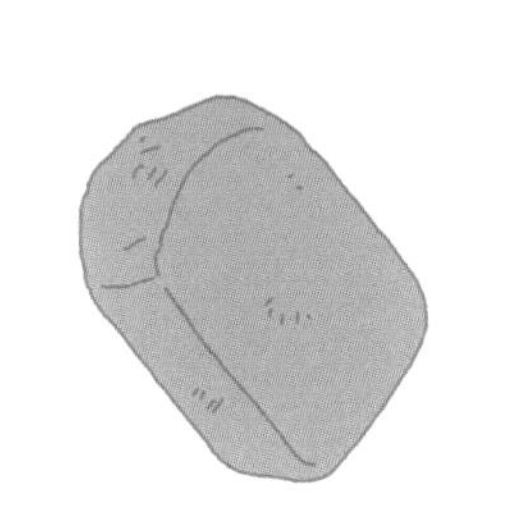

능서는 손사래를 치며 웃었어.

“요즘 능서가 달라진 것 같아. 민지야, 그렇지 않니?”

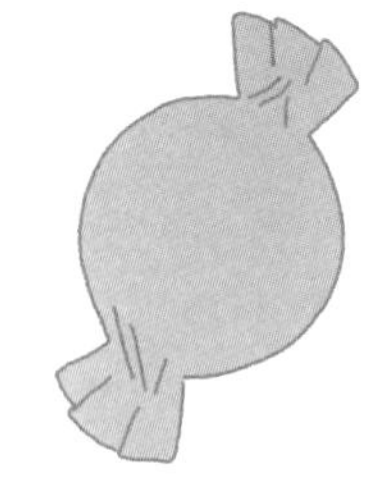

“맞아. 말 방귀도 잘 안 뀌고, 놀리는 것도 좀 덜한 것 같아. 암튼 좀 변했어.”

민지도 능서를 아래위로 훑어보며 맞장구를 쳤어.

“그런데 있잖아…….”

능서는 소영이의 얼굴을 빤히 쳐다보면서 입술을 달싹거렸어.

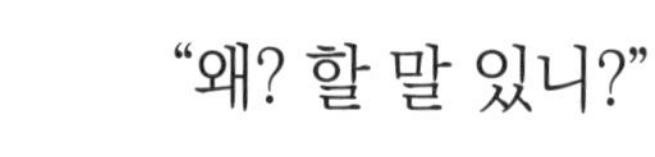

“왜? 할 말 있니?”

“어, 그게 그러니까…….”

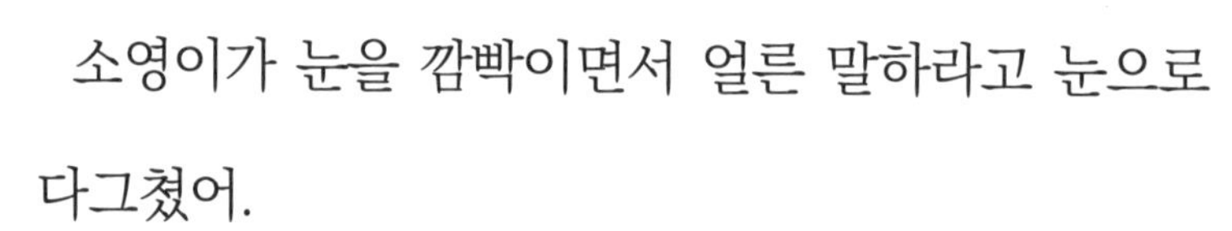

소영이가 눈을 깜빡이면서 얼른 말하라고 눈으로 다그쳤어.

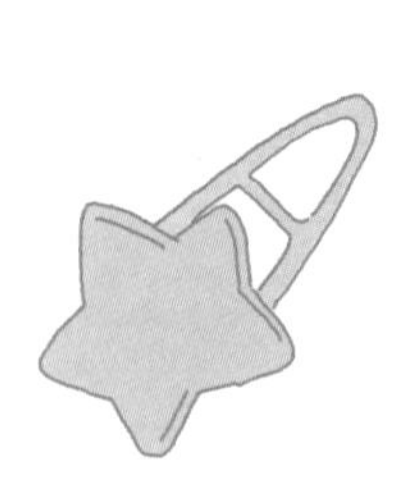

“너는 공부도 잘하고, 인기도 많고, 뭐든 잘하잖아. 어떻게 하면 그럴 수 있어? 난 그런 네가 부러

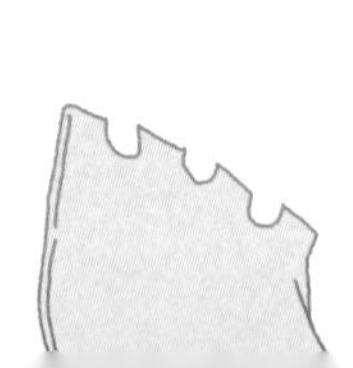

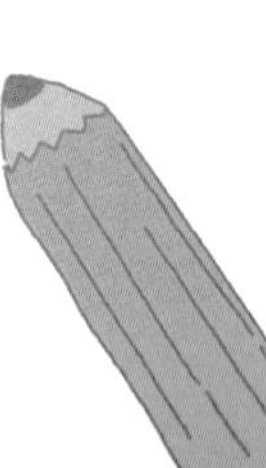

워."

"풋! 내가 부럽다고?"

소영이는 웃으며 물었어.

"응. 엄청 많이."

소영이는 머리를 절레절레 흔들었어.

"부럽긴. 난 그동안 다 잘하려고 너무 힘들었는걸. 그래서 네가 나한테 싫은데 좋은 척하지 말라고 했을 때, 속이 다 시원했어."

"아닌데, 기분 나빠하는 것 같았는데?"

능서는 의아해서 소영이에게 물었어.

"그건, 너한테 기분 나쁜 게 아니고 내가 한심스러워서 기분이 나빴어. 나도 너처럼 하고 싶은데 잘 안 돼. 휴."

소영이가 한숨까지 쉬며 말했어.

"소영아, 난 네 맘 알 것 같아."

민지가 소영이의 눈을 보며 말했어.

"정말? 민지야, 나를 이해해 줘서 고마워."

소영이가 민지 손을 덥석 잡았어.

"뭐, 나도 잘 보이고 싶어서 외모에 신경을 많이 쓰잖아. 너도 나처럼 잘 보이고 싶은 거겠지. 그치?"

"맞아, 다른 사람들한테 나쁜 소리 듣는 게 정말 싫거든."

소영이는 어깨를 축 늘어뜨리고 대답했어.

"소영아, 나도 그래. 우리 서로 닮은 데가 많은 것 같아. 앞으로 더 친하게 지내자."

"그래, 좋아! 하하하!"

소영이와 민지는 서로 손을 잡고 흔들면서 웃었어.

"야, 나도 속마음하고 다르게 말해서 친구들이 싫어해. 그럼 나도 닮은 거 아냐?"

능서가 두 사람 말에 끼어들었어.

"맞네. 그런데 요즘은 좀 안 그러던데, 무슨 일 있었어?"

능서는 소영이가 묻는 말에 솔직하게 대답할까 말까 잠시 망설였어.

"있잖아, 나한테 엄청난 일이 일어났거든. 내가 무슨 말을 하든 다 믿어 줄 거야?"

"당연히 믿지!"

능서는 그동안 이어폰을 갖고부터 일어난 일을 이야기했어.

"정말? 그런 일이 진짜 있다고?"

소영이의 눈이 반짝반짝 빛이 났어.

"응. 나도 믿기 힘들지만 진짜야."

능서가 눈에 힘을 주며 대답했어.

그때, 민지가 손을 번쩍 들었어.

"잠깐! 어떻게 그런 일이 있을 수 있어?"

민지가 두 사람의 말을 끊고, 믿지 못하겠다는 투로 물었어.

"진짜야! 너도 내일 마음에 드는 물건을 하나 골라봐. 그러면 너한테도 신기한 일이 일어날걸."

"풋! 그만해! 그런 터무니없는 이야기를 꾸며서 우리를 놀리다니. 우리가 유치원생도 아닌데 그런 말에 넘어갈 것 같니?"

민지는 코웃음을 치며 능서를 타박했어.

"진짜야! 거기에 지우개, 연필, 크레파스, 머리핀, 그리고 또……."

능서가 계속 말하려는데, 소영이가 능서의 입을 손바닥으로 막았어.

"알았어. 내일 내가 직접 볼래. 나에게 필요한 특별한 물건이 상자 안에 있을지 모르잖아?"

소영이는 민지를 힐금거리며 입술에 매달린 웃음을 손으로 슬쩍 가렸어.

"소영이 너도 능서 닮아가니? 아유, 유치하기는!"

민지는 그런 둘의 모습을 보고 어이없다는 표정을 지었어.

물품 상자의 비밀, 톡 쏘는 사이다

소영이가 막 교실 문을 열고 얼굴을 디미는 순간, 뭔가 후다닥, 숨는 것 같았어.

"뭐지?"

교실 안은 뭔지 모르게 부산스럽게 느껴졌어. 아이들이 뛰어놀고 난 뒤처럼 여기저기 먼지도 폴폴 날리고 있었고. 밤새 비워둔 교실이라면 이러지 않을 거거든.

소영이는 멈칫 서서 고개를 갸웃거렸어. 그리고 천천히 사물함 위의 상자 앞으로 가서 안을 자세히 들여다봤지.

"특별해 보이는 건 없는 것 같은데. 어? 저건 뭐지?"

소영이는 맨 구석 칸에 있는 캔 사이다를 보고 눈을 동그랗게 떴어.

“속 시원한 사이다?”

캔 사이다를 꺼내서 들여다본 소영이가 의아한 표정을 지었어.

“이런 브랜드가 있었어? 마트에서 한 번도 못 봤는데.”

소영이는 속 시원한 사이다 맛이 늘 먹던 사이다 맛과 같은지 궁금했어.

“마셔 볼까? 어차피 주인이 없는 물건이라니까 먹어도 괜찮을 거야.”

소영이는 캔 사이다 뚜껑을 따려다가 멈칫했어.

“오래된 거면 먹으면 안 되잖아.”

소영이는 유통 기한이 언제인지 자세히 살폈어. 그런데 어디에도 유통 기한 표시가 없는 거야.

그때, 소영이 뒷모습을 바라보던 선생님이 머리를 끄떡이며 빙그레 웃었어.

“답답한 마음을 푸는 데는 역시 톡, 쏘는 맛이 최고지.”

도가비 선생님은 커다란 눈동자를 데굴데굴 굴리며 중얼거렸어. 뿔처럼 치솟은 선생님의 머리카락이 맞장구를 쳐주는 것처럼 까딱거렸지.

다시 교실 안이 어수선해졌어. 먼지도 폴폴 날렸고.

“자, 인제 그만 놀고 집으로 들어가야지!”

선생님이 누군가를 말리는 듯한 손짓을 하며 큰 소리로 말했어. 소영이가 선생님의 목소리를 듣고 뒤를 돌아봤지. 그런데 교실에는 선생님 말고 아무도 없는 거야.

“선생님, 저한테 말씀하신 거예요?”

“아니, 도깨비 녀석들이 밤새워 놀고도 부족한지 더 놀려고 해서 말리는 중이란다.”

“네?”

소영이는 말도 안 되는 말을 하는 선생님을 멀뚱히 바라보았어.

‘어? 교실에는 선생님 말고 아무도 없는데…… 도깨비가

어디 있다고 저러시지?'

소영이는 선생님을 보고 고개를 갸우뚱거렸어.

선생님은 소영이가 들고 있는 사이다를 보며 말했어.

"너도 비밀 친구를 드디어 만났구나?"

"비밀 친구요?"

"그래, 너하고 딱 어울리는 친구 같구나. 허허허허."

선생님이 볼을 실룩이며 큰 소리로 웃었어.

"이 사이다가 친구라고요?"

선생님이 부리부리한 눈을 가늘게 뜨고 고개를 끄떡였어. 그 순간, 소영이는 능서가 들려준 신비한 이어폰 이야기가 떠올랐어.

"이 상자 안에 있던 건데, 가져가도 돼요?"

"그럼 그럼. 가져가도 되고 말고!"

선생님의 목소리에 반가움이 잔뜩 묻어났어.

소영이는 들고 있던 캔 사이다를 얼른 가방 안에 넣었어. 그 순간, 가슴에 가두어 두었던 말들이 기지개를 켜는

시원한
사이

게 느껴졌어.

소영이는 속 시원한 사이다와 특별한 사이라도 된 듯이 가방을 가슴에 꼭 안았어.

어릴 적 나의 소원은 무엇이든 마음대로 하는 거였어요. 숙제하기 싫으면 안 하고, 엄마 말씀을 듣기 싫으면 안 듣고, 친구가 마음에 들지 않으면 실컷 싸우고 싶었지요. 그러면 속이 시원해질 것 같았거든요.

그런데 세상은 마음대로 되지 않더라고요. 하고 싶은 대로 감정을 표현했더니 문제가 커졌어요. 친구가 저를 괴롭혀서 화를 냈더니, "성질이 못됐다"라고 하더라고요. 그 일 이후로 화를 내면 안 되겠다 싶어 참고, 하고 싶은 말을 삼켰더니 이번엔 "소심하다"라는 말을 듣는 거예요.

도대체 나보고 어떻게 하라는 걸까요?

나도 알아요. 화가 날 때도 한 번쯤은 참아 주면서 웃고,

다른 친구의 슬픔과 아픔을 공감하는 사람이 좋은 사람이라는걸요.

그런데 어떡하죠? 자꾸 화가 나고, 짜증이 날 때가 있거든요. 친구를 질투하는 마음이 들기도 하고, 속상함과 절망감에 아무것도 하기 싫을 때도 있단 말이에요.

그럴 때, 누군가 내 감정을 조금만 덜어가 주면 얼마나 좋을까요? 슬픔은 가져가고 기쁨을 만들어 내 마음에 남겨 놓는 일이 실제로 일어난다면 말이에요.

시간이 지나면서 깨달았어요. 언제부턴가 내 마음속 부정적인 감정을 긍정적인 감정으로 바꾸어 주는 존재가 있다는 것을요. 화가 나도 금세 가라앉고, 너무 슬프다가도 스스로 다독이고 있더라고요. 그렇게 내 감정을 조절해 주는 존재가 자신일 수도, 가족일 수도, 친구일 수도, 이 이야기에 나오는 물품 상자 속에 살고 있는 도깨비일 수도 있지 않을까요? 그게 누구든, 우리 곁에 그런 존재가 있다는 건 참 다행스러운 일이에요.

혹시 아직 그런 존재를 만나지 못했다고요? 걱정하지 말아요. 그 존재는 예상치 못한 순간에 짠! 하고 어린이 여러분 앞에 나타날 테니까요.

권영이

MEMO

우리 반 물품 상자의 비밀
소곤소곤 이어폰 도깨비

초판 1쇄 인쇄 2025년 1월 24일
초판 1쇄 발행 2025년 2월 10일

지은이 권영이 | **그린이** 김연제

펴낸이 홍석 | **이사** 홍성우 | **인문편집부장** 박월 | **편집** 박주혜·조준태
디자인 이희우 | **마케팅** 이송희·김민경 | **제작** 홍보람 | **관리** 최우리·정원경·조영행

펴낸곳 도서출판 풀빛 | **등록** 1979년 3월 6일 제2021-000055호
제조국 대한민국 | **사용연령** 5세 이상
주소 07547 서울특별시 강서구 양천로 583 우림블루나인비즈니스센터 A동 21층 2110호
전화 02-363-5995(영업), 02-364-0844(편집) | **팩스** 070-4275-0445
홈페이지 www.pulbit.co.kr | **전자우편** inmun@pulbit.co.kr

ISBN 979-11-6172-998-5 73810

이 책은 충청북도, 충북문화재단의 후원을 받아 예술창작 활동지원사업의 일환으로 발간되었습니다.

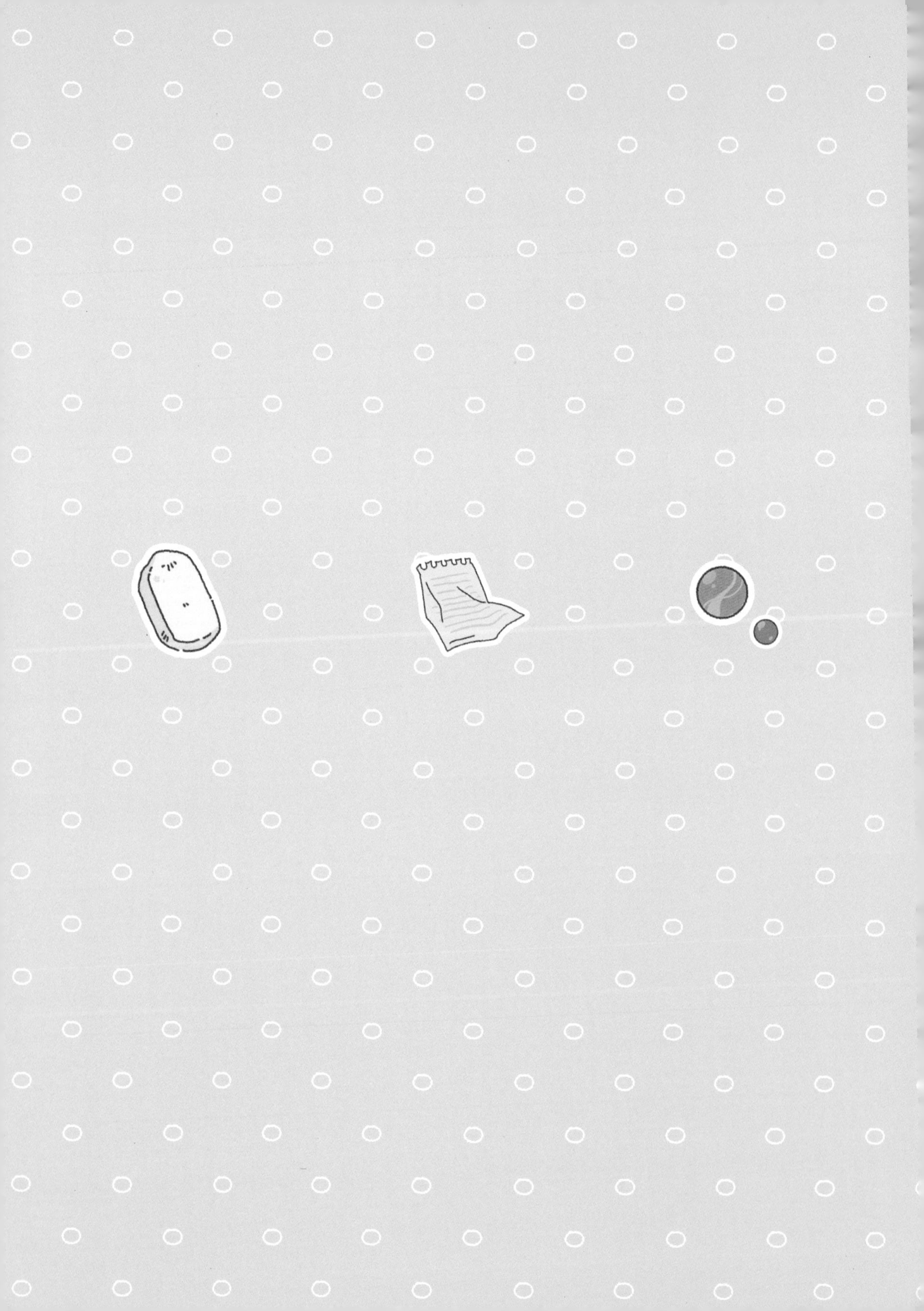